Anni Reinhardt
Fred der Fernfahrer

AF284596

FSC
www.fsc.org

MIX

Papier aus ver-
antwortungsvollen
Quellen
Paper from
responsible sources

FSC® C105338

Anni Reinhardt

Fred
der Fernfahrer

Bibliografische Information der
Deutschen Nationalbibliothek:
Die Deutsche Nationalbibliothek verzeichnet diese
Publikation in der Deutschen Nationalbibliografie;
detaillierte bibliografische Daten sind im Internet unter
www.dnb.de abrufbar.

© 2022 by Anni Reinhardt
Alle Rechte vorbehalten

Stilistisch-künstlerisches Lektorat
Angela Hoffmann
www.Angela-Hoffmann.com

Juristische Beratung
Rechtsanwalt Meinrad Mayer,
Frankfurt a. Main

Umschlagfotos
Pixabay.de
Freie kommerzielle Nutzung

Layout und Satz:
DigiBuchService, Hannover
www.digibuchservice.de

Herstellung und Verlag:
BoD - Books on Demand, Norderstedt

ISBN 978-3-7562-1283-5

In der Friedhofskapelle einer oberschwäbischen Gemeinde läuten zu Beginn des Neuen Jahres die Glocken. Das Jahr ist noch jung, die Erde mit Schnee bedeckt. Hie und da sucht noch eine Schneeflocke ihren Landeplatz. Die Sonne blickt hinter den Wolken hervor. Es ist fast so als trüge sie Trauer.

Menschen sind unterwegs zur Kapelle, um sich vom Verstorbenen zu verabschieden. „Wer wird denn heute zu Grabe getragen?" fragt ein Fremder. Fred, der Fernfahrer, begibt sich heute auf seine letzte Reise.

Im März des Kriegsjahres 1944 betritt die junge hochschwangere blonde Frau Leni das Krankenhaus in Pforzheim. Es ist ihre erste Schwangerschaft und die neun Monate sind längst vorbei. Das Kind aber will nicht auf diese Welt. Ob es die Angst der Mutter spürt? Oder das Toben des schrecklichen Krieges? Sicher ist nur, dass es so nah am Herzen der Mutter nie mehr sein wird. Es hilft alles nichts, die Geburt wird eingeleitet und der kleine Mann erblickt mit der Nabelschnur um den Hals gewickelt, das Licht der Welt. Es dauert eine ganze Weile bis zum ersten Mucks und schon heulen die Sirenen. Menschen rennen in den Schutzkeller so schnell sie nur können.

Kranke und Schwache werden auf der Trage gebracht. Die junge Mutter ist ebenfalls zu schwach, um zu gehen. Eine Schwester schiebt sie mit dem Rollstuhl in den bereits überfüllten Schutzkeller. Daneben trägt die Hebamme das Neugeborene, das sie nur notdürftig in Decken wickeln konnte. Bomben fallen auf die Stadt. Kaum ein Stein bleibt auf dem anderen. Auch ein Trakt des Krankenhauses wird getroffen. Angst und Panik herrscht unter den Anwesenden und Entsetzen danach.

Das Kind auf dem Arm der Hebamme ist still, lässt sich baden, wiegen und messen. Irgendwann schreit es endlich. Es hat Hunger. Drei Tage später werden sie vom stolzen Opa heimgeholt. Bei der Taufe erhält das Kind den Namen Alfred, aber alle nennen ihn Fred. Der Vater bekommt Urlaub und darf die Front für ein paar

Tage verlassen. Frühling ist bereits im Land, überall grünt und blüht es. Der Vater mit dem Kind auf dem Arm träumt von einer schönen Zukunft in seiner Spedition. Wenn nur der verdammte Krieg endlich zu Ende wäre. Aber es hilft alles nichts, er muss wieder zurück an die Front. Der Abschied fällt ihm schwer. Er hält seine junge Frau fest im Arm, drückt sie an sich, ein letzter Kuss. So innig umschlungen vergessen sie die Zeit und die Bürde des Krieges. Er nimmt das Kind aus dem Bettchen, liebkost es und seine Tränen bedecken das zarte Gesicht des Kindes. Im Dezember des gleichen Jahres fällt er in Frankreich.

Fred wird von Tante und Onkel und dem über alles geliebten Großvater liebevoll umsorgt. Er wächst heran und ist mit der Zeit ein kleiner Lausebengel, der am liebsten im kleinen Bach in Aurich spielt. Manchmal nimmt ihn der Großvater mit in den Weinberg.

Nach dem Krieg heiratet die Mutter erneut und sie ziehen nach Oberschwaben, wo sie den Bauernhof des Ehemannes übernehmen. Dieser ist auch zugleich der

Bruder des ersten Mannes. So bekommt Fred einen Stiefvater und Onkel zugleich und alles bleibt in der Familie.

Der Krieg ist vorbei, das Elend groß und das Geld knapp. Jeder muss sehen, wo er bleibt. Auf dem Hof leben auch die Großeltern, sie aber mögen den kleinen Kerl überhaupt nicht. Oft sitzt Großvater auf der braunen Holzbank vor dem Haus und jedes Mal, wenn Fred vorbei huscht, bekommt er den Stock zu spüren, der ständiger Begleiter des Großvaters ist.

Vorbei ist die schöne Zeit und Fred ist jetzt erst vier Jahre alt. Einmal weint er sich bei einer Tante, die aus Reutlingen zu Besuch gekommen ist, aus. „Niemand hier mag mich, alle schubsen mich nur herum. Oh, wäre ich doch bei meinem geliebten Großvater im Unterland geblieben!" Es hilft alles nichts, er muss bleiben.

Es ist Sommer, die Heuernte in vollem Gange. Fred will auch mithelfen. Er stampft das trockene Gras auf dem Heuboden, die morschen Bretter geben nach und das Kind landet einige Meter in der Tiefe auf dem Betonboden. Niemand nimmt sich seiner an. Nachdem er aus der

Bewusstlosigkeit erwacht, torkelt der kleine Kerl in die Stube, wo er mit starkem Kopfweh liegen bleibt.

Bis zum Schulanfang spielt er so manchen Streich. Dafür bekommt er von der Mutter Schläge. Nur dann existiert er überhaupt für sie.

Mit 6 Jahren wird Fred eingeschult. Die Schule ist interessant, wird aber trotzdem nicht seine Freundin. Seine Konzentration lässt ihn oft im Stich. Niemand kümmert sich um seine Hausaufgaben, geschweige nimmt sich Zeit, um mit ihm zu lernen. Die Mutter ist vielmehr mit dem Nachwuchs beschäftigt, arbeitet auf dem Feld und Fred muss mit, er sei ja zu dumm, um zu lernen, aber stark genug, um mitzuhelfen.

Abends hilft er dem Bauern in der Nachbarschaft. Er mistet den Stall aus und bringt auf einem Leiterwagen die Milch in die örtliche Molke. Das Schönste für ihn ist die gemeinsame Vesper mit der Familie und obendrauf noch etwas Taschengeld, das er hütet wie seinen Augapfel. Sein Ziel ist ein eigenes Moped zu haben. Dafür hilft er in der nahen Autowerkstat. Das ist seine Welt und nicht die Schule. Das Abschlusszeugnis der Hauptschule schmettert er in die Ecke, das war es. Gerade noch bestanden. Wohin jetzt? Er muss eigenes Geld verdienen, ordnet die Mutter an: „Stark genug bist Du ja. Ein Handwerk, Gipser oder Maurer werden immer gebraucht." Vater sagt nie viel, er hat auch nicht viel zu melden.

So versucht er sich bei den Gipsern. Der Zementstaub, es ist damals kein Schutz vorgeschrieben, lässt ihn nicht atmen. Bis weit in die Nacht hinein hört man ihn husten. Zu seinem Übel findet er noch am Reval Gefallen. Er wechselt zur örtlichen Säge. Jetzt ist er an der frischen Luft, bekommt sein eigenes Geld, das zum Kauf eines gebrauchten Mofas reicht. Dafür braucht er noch die Fahrerlaubnis, die er mit Bravour bestand. Sonntag für Sonntag rattert er durch den Ort. An einem Sonntag im Sommer nimmt ihm ein Bauer aus der Nachbargemeinde die Vorfahrt und Fred landet im Graben. Das Moped ist hin und Fred im Krankenhaus. Abgesehen von einigen Blessuren hatte der Kopf das meiste abbekommen. Er kann sich an nichts erinnern. Der ganze Körper schmerzt, vor allem sein Kopf.

Die Zeit vergeht und Fred meldet sich zur Bundeswehr. Er muss nicht, weil er der einzige Sohn seines Vaters ist, aber er will fort. Inzwischen hat er drei Brüder bekommen, ein Grund mehr, fortzugehen.

Nach der Grundausbildung kommt er zu den Fallschirmspringern, darf aber wegen der bekannten Kopfverletzungen nicht springen. Seine ganze Aufmerksamkeit gilt den Lastwagen. Einmal dort sitzen und fahren dürfen, das ist sein größter Wunsch. Der diensthabende Leutnant mahnt mit erhobenem Finger: „Nein, Fred, erst wenn Du den Lkw- Führerschein hast, darfst Du auch fahren." „Jawohl, Herr Leutnant. Bald werde ich volljährig und dann steht mir nichts mehr im Weg." „Na denn viel Glück, Fred. Aber jetzt runter vom Lkw." Einen Teil seines Wehrsolds schickt er regelmäßig seiner Mutter, sich selbst gönnt er nichts. Als Obergefreiter verlässt er die Bundeswehr, obwohl er später immer wieder an den Übungen teilnimmt. Sein Ziel ist jetzt der Lkw-Führerschein. Da er schon bei der

Bundeswehr viel üben konnte, genügen ihm nur vier Stunden Fahrpraxis und er erhält den begehrten Schein. In der nahen gelegenen Stadt bekommt er sofort eine Anstellung. Er ist am Ziel.

Wieder ist der Frühling ins Land gezogen. Es ist April, die Sonne heizt schon mächtig auf, aber in den Wäldern von Hohentwiel will der Schnee nicht weichen. Fred muss eben in diesen Wäldern Langholz aufladen. Mühsam, Stück für Stück lädt er es auf den Langholzwagen und bringt es wohlbehalten auf den Hof der Spedition. So schwer hat er sich die Arbeit nicht vorgestellt, ist aber mit sich und der Welt zufrieden. Er hat sein Ziel erreicht.

Im Oktober des gleichen Jahres kommt er zu früh auf den Hof. Seine Fahrzeit ist noch nicht vollständig ausgeschöpft, so muss er noch eine Tour nach Sigmaringen übernehmen. Sich weigern kommt für Fred nicht infrage, obwohl er hundemüde ist und jetzt eine Mütze Schlaf bräuchte.

Mit dem VW Transporter fährt er los. Bei Krauchenwies übermannt ihn der sogenannte Sekundenschlaf. Der Transporter manövriert zwischen zwei riesigen Kastanienbäumen und landet auf dem Dach auf einer Wiese. Einem Autofahrer fallen die Scheinwerfer auf und er ruft die Polizei und den Rettungsdienst. Fred ist bewusstlos und bekommt von der Aufregung um ihn herum nichts mit. Erst im Rettungswagen kommt er langsam zu sich und schreit vor Schmerzen. Vom Geschehen um ihn herum hat er keine Ahnung. Nach einer schmerzstillenden Injektion wird er in das nächste Krankenhaus gebracht und notdürftig versorgt. Hier darf er nicht bleiben, weil das Krankenhaus nur kleine berufsgenossenschaftliche Unfälle versorgen darf. Fred, einigermaßen stabil, muss sich zwischen Riedlingen und Ravensburg entscheiden. „Junge, geh doch nach Ravensburg, dort gibt es schöne Schwesternschülerinnen", rät ihm ein älterer Zimmergenosse. Gesagt, getan.

Fred kommt auf die chirurgische Station. Seine ausgekugelte Schulter muss sofort eingerenkt werden und dann muss noch das Schlüsselbein gedrahtet werden. Doch zuerst wird der Neurologe zugezogen. Ein gefragter Mann, wenn es sich um Schädelverletzungen handelt. „Ich kann einer Narkose, die braucht er ja, heute nicht zustimmen. Die Kopfverletzung ist viel zu groß. Womöglich müssen wir ihn nach Ulm verlegen." Fred öffnet seine blauen Augen nur für einen kurzen Moment, dann ist er wieder weit weg. Sein Kreislauf ist instabil, er schwitzt so sehr, dass sein Bett immer wieder neu bezogen werden muss. Eine Infusion mit Schmerzmitteln lindert ein wenig seine Schmerzen. Der Stationsarzt prüft immer wieder die Vitalzeichen, aber Fred ist weit weg. Gegen Abend bessert sich sein Zustand. Tags darauf kann sein Schlüsselbein gedrahtet werden. Der Arm wird mit Tüchern fixiert und jetzt heißt es warten, bis der Patient aufwacht. Sein Schlaf ist nicht zu überhören. Erst am späten Nachmittag kommt er zu sich. Der Chirurg ordnet einen Desault-Verband an, den die junge Schwester Toni anlegen soll. Verbände sind ihre Spezialität. Der Zustand des Patienten ist so, dass sie ihr

Vorhaben auf den nächsten Tag verschieben müssen. Gemeinsam mit dem Arzt ziehen sie die Tücher fest und lassen den Patienten weiterschlafen. Am nächsten Tag ist Fred munter und der Verband kann angelegt werden. Nach drei Wochen wird Fred mit der Auflage, nach acht Tagen wieder zu erscheinen und sich dem Neurologen vorzustellen, entlassen. Er hat immer noch Kopfweh, ist noch wacklig auf den Beinen.

Des Weiteren kommt er immer zum bestellten Termin und lässt Grüße an Toni ausrichten. Diese jedoch begreift nichts, ist nur mit ihrer Arbeit in der Ambulanz beschäftigt. Sie muss Verbände anlegen, Gipslonguetten entfernen und neue anlegen so wie Zinkleimverbände vor den Operationen. Dabei erlebt sie allerlei Schönes, aber auch Trauriges und Skurriles. Einmal kommt ein Bauernknecht mit Schmerzen im Fuß in die Ambulanz. Er solle die Gummistiefel ausziehen, bittet ihn der Arzt. Er tut es. Leider hat der arme Mann nur den kranken Fuß gewaschen. Ein Fußbad war jetzt angebracht,

das Toni mal zur Abwechslung mit Wasser und Seife dem Mann angedeihen lässt.

Die Wochen vergehen, und das neue
Jahr hat seine Flügel ausgebreitet.
Fred kommt zur Abschlussuntersuchung
und danach noch kurz bei Toni vorbei. Er
hat sich in der Silvesternacht die Finger
verbrannt und braucht einen Verband. Sie
tut ihm den Gefallen und er bedankt sich
mit einer Einladung zum Essen. So fängt
alles an. In den folgenden Wochen, er hat
immer noch Kopfweh, kann sich schlecht
konzentrieren, wird er erneut neurolo-
gisch untersucht. „Es ist jetzt gut geworden, aber Sie müssen sich noch schonen.
Mit dem Gehirn ist nicht zu spaßen, es
vergisst nichts." Weiter meint der Arzt,
dass die Situation im Alter nicht leicht
sein werde. Er ist zu dieser Zeit eine Ka-
pazität auf dem Gebiet der Neurologie in
dieser Kreisstadt.

Inzwischen nennt Fred einen nagelneuen blauen VW-Käfer sein Eigen. Voller Stolz holt er Toni ab und die beiden kommen sich im Laufe des Jahres näher.

Der Mutter fällt das Verhalten ihres Ältesten auf. Er pflegt sich, kauft neue Kleidungstücke und riecht fein nach gutem Rasierwasser. Fred hat sich verliebt.

Endlich ist jemand für ihn da, hört ihm zu, versteht ihn. An Weihnachten 1967 findet die Verlobung statt. Ein halbes Jahr später heiraten sie. Alles geht gut. Das Geld, das sie verdienen, legen sie behutsam zur Seite, denn irgendwann wollen sie ein eigenes Haus bauen, was aber der Mutter missfällt. Sie kontrolliert das junge Paar, mischt sich in alles ein. Fred dreht zum ersten Mal durch. Schreit, rennt die Treppe auf und ab, ist desorientiert. Sei Blick ist starr, er ist nicht ansprechbar. Die Situation ist nur von kurzer Dauer, für Toni ist es dennoch eine Ewigkeit. Zudem ist sie noch schwanger.

Nachdem Fred einige Stunden geschlafen hat, kann er sich nur vage an das Geschehene erinnern. Die Mutter aber zeigt ihr wahres Gesicht, als sie bedauert, dass er den Unfall überlebt hatte. Sie spricht so laut, dass Fred es hört.

Von nun an legen sie jeden Pfennig zur Seite, bekommen zum Sohn noch eine Tochter und ziehen nach drei Jahren in ihr eigenes Haus. Fred wechselt zu einer anderen Spedition in der Hoffnung, öfter daheim zu sein. Zugleich hat er mehr auf dem Konto. Mit dem Lkw samt Anhänger kommt er mit seinen Möbeln nach Italien, Schweiz, Frankreich und Österreich. Jetzt hätte er Fremdsprachen gebraucht, vor allem Französisch. Mitten in Paris fährt ihm ein junger Mann mit seinem Mofa in den Anhänger. Er ist sofort tot. Und Fred kann kein Französisch. Das macht ihm schwer zu schaffen.

Ein drittes Kind hat sich angemeldet, will nicht bleiben. Sie müssen das kleine Mädchen zu Grabe tragen. Auch mit dieser Situation wird Fred nicht fertig. Jeder trauert auf seine Weise.

Die beiden Kinder wachsen heran, sind gute Schüler. Der Sohn hat bereits das

Abitur in der Tasche, die Tochter steht kurz davor. In den Schulferien wollen sie kurz ihre Verwandten im Ausland besuchen. Zum letzten Mal fahren die Kinder mit. Die Tochter will ihr Bettkissen mitnehmen und hinter Papa sitzen, der Sohn will hinter der Mutter sitzen. Die Mutter ist gegen das Kissen, aber willigt dann doch ein. Mit ihrem neuen roten Mazda fahren sie Richtung Salzburg. Der Vollmond begleitet sie, als wolle er der kleinen Familie den Weg weisen. Bei der nächsten Raststätte wollen sie rasten und dann Fahrerwechsel machen. Aber dazu kommt es nicht mehr. Es kracht, als hätte sie eine Bombe getroffen, das Auto dreht sich um neunzig Grad und bleibt am Straßenrand stehen. Fred ist bewusstlos, rührt sich nicht. Die Kinder schreien. Nach einem kurzen Moment erlangt Toni das Bewusstsein wieder und reagiert auf die Rufe der Gendarmerie. Die Autotür lässt sich nur mit großer Mühe öffnen. Fred aber wird durch die Feuerwehr befreit und sofort in den Rettungswagen verfrachtet. Er ist immer noch ohne Bewusstsein. Die Tochter liegt am Straßenrand auf ihrem Kissen mit blutendem Gesicht, zitternd vor Schreck. Der Sohn sitzt teilnahmslos daneben. Erst im nahen Krankenhaus Hallein finden sie sich wieder.

Fred kommt sofort in den Operationssaal. Er staunt nicht schlecht, als er wieder zu sich kommt. Er liegt auf dem OP-Tisch, um ihn das Ärzteteam, das schnell zusammengerufen worden war.. Sie überlegen nicht lange, führen die Laparotomie (Bauchschnitt) durch. Es ist ein 20 cm langer Schnitt. Sie tasten sich Richtung Milz. Sie müssen sich beeilen, wenn sie noch etwas retten wollen. Die Milz ist ein sehr weiches und gut durchblutetes Organ und vor allem sehr empfindlich gegen stumpfe Gewalt. Zu allem Übel ist sie bei Fred gut mit Fett gepolstert. Noch im richtigen Moment können sie das nur zwölf Zentimeter große Organ fassen als die Milzvene ihren Inhalt preisgab. Ohne ihren sofortigen Einsatz wäre Fred verblutet. Dann verschließen sie die noch die offene Stelle im Zwerchfell, welche ebenfalls durch den Aufprall entstanden war. Des Weiteren schließen sie die klaffenden

Wunden am linken Ellenbogen und dem linken Knie mit einer Naht. Beide Gelenke müssen mit Gipslonguetten fixiert werden. Eilends wird eine Transfusion angehängt, denn Fred hat sehr viel Blut verloren. Der Chefarzt berichtet Toni wie es ihrem Mann geht. Zum Himmel blickend meint er, dass sie alles getan hätten, was in ihrer Macht stünde, aber der Herrgott würde entscheiden, ob Fred überleben würde.. Auf diese Nacht kommt es an. Sie können jetzt nichts für ihn tun. „Ruhen Sie sich aus! Ein Arzt wird sich gleich um Sie kümmern, ich schaue nach Ihrer Tochter, sie muss ebenfalls genäht werden. Das Kissen, das sie dabeihatte, hat ihr das Augenlicht gerettet. Ihr Sohn hat nur einen Schock abbekommen. Wir werden ihn morgen heimschicken." Bei der Visite am späten Vormittag berichtet der Chefarzt: „Ihr Mann hat die Nacht gut überstanden. Eine Schwester wird Sie im Rollstuhl zu ihm bringen. Er hat schon nach Ihnen gefragt." Gesagt, getan. Blass, mit eingefallenen Wangen und bewegungslos liegt er im Bett, nur mit einem Leinentuch bedeckt. Der Anblick ist zum Weinen. Er liegt auf dem Rücken, der linke Arm so wie das Bein fest im Gips, am rechten Arm eine Infusion. Er kann sich nicht einmal die Nase putzen. Beim Anblick des Vaters wird der Tochter schlecht. Sie muss sich setzen. Seine Sorge gilt jetzt seiner Familie und der Frage aller Fragen, was ist in der Nacht geschehen. Sie bleiben nicht lange, das verabreichte Schmerzmittel tut seine Wirkung und Fred ist wieder im Land der Träume.

Jetzt erst quälen Toni Schmerzen im rechten Nierenlager und krampfartige Kopfschmerzen gesellen sich dazu. Ein Brillenhämatom deutet auf eine Schädelbasisfraktur hin. Sie erbricht sich mehrmals, aber es ist egal. Fred wird überleben, die Tochter neben ihr auch und der ist Sohn bereits daheim.

In der Kronenzeitung ist am Montag zu lesen: Deutsche Urlauberfamilie verunglückt auf der Autobahn bei der Raststätte Golling. Ein Brüderpaar fuhr mit einem geklauten VW-Golf und ohne Führerschein Richtung Salzburg verfolgt von der Gendarmerie, der Feuerwehr und einem Rettungswagen. Die beiden verloren die

Kontrolle über den Wagen, durchbrachen die Leitplanken, trafen mit großer Wucht erst frontal und danach noch seitwärts auf das Auto der Urlauberfamilie. Einer der Unfallverursacher lag tot auf der Fahrbahn, der andere starb zwei Tage später auf der neurologischen Station in Salzburg. Ansonsten wäre er querschnittsgelähmt geblieben. Die beiden waren nicht angegurtet, dagegen haben die Gurte der Urlauberfamilie das Leben gerettet.

Mutter und Tochter dürfen nach zwei Wochen liegend heim transportiert werden, Fred aber erst nach vier Wochen. Bei den weiteren Untersuchungen wird noch ein massives Schädelhirntrauma diagnostiziert. Er leidet zunehmend an Kopfweh und seine Erinnerungen lassen ihn oft im Stich. Er muss sich alles aufschreiben, ist aber auf dem Wege der Besserung. Er will wieder arbeiten. Aber die Möbelspedition hat inzwischen den Fuhrpark aufgegeben. Was nun? Eine Spedition für Autotransport sucht dringend Fahrer. Und Fred bekommt eine neue feste Anstellung. Gleich im ersten Winter, die Ladeschienen sind vereist, rutscht er aus, fällt auf den gefrorenen Boden und zieht sich eine Lendenwirbelvorsatzfraktur zu. Dass seine linke Niere auch etwas abbekam, bleibt unerkannt. Er ist die ganze Woche unterwegs, im ganzen Bundesgebiet und den Beneluxländern. Am Wochenende ist für ihn immer Ruhe angesagt. Papa muss schlafen, heißt es am Sonntagnachmittag. Abends, wenn andere noch feiern, muss er die Fahrt antreten. Die Familie, allen voran die Kinder, kommen immer zu kurz. Vermutlich gehen, so die Statistik, 50 % aller Fernfahrerehen zu Bruch. Er trägt große Verantwortung mit seinem 22 m langen Transporter, der mit 8 nagelneuen PKWs beladen ist. Wenn nur nicht der unerträgliche Husten wäre und der Schlafmangel. Einmal ausgeschlafen sein, das ist sein größter Wunsch. Er muss sich an Vorschriften im Straßenverkehr so wie an vorgegebene Pausen halten. Nach vier Stunden Fahrt eine halbe Stunde Pause. Sollte der Transporter nur einen Meter in dieser Zeit bewegt werden, gilt die Pause nicht. Der Tachometer schreibt fleißig mit, mogeln so wie früher, ist nicht mehr möglich. Es ist Mittag, Fahrzeit um, die Sonne am Zenit und in Kabine 40 Grad und kein Parkplatz zu finden. An Mittagsschlaf ist nicht zu denken. Ein Hundeleben, und immer den Pkws im Weg. Würden sie eine Woche streiken, so wären die Regale in den Discountläden leer. Aber Beschweren geht nicht, Durchhalten heißt die Parole.

Fred kommt am Freitagabend recht spät heim, zittert vor Kälte und das mitten im Sommer. Nichts ahnend hilft sie ihrem Mann beim Duschen, gibt ihm zu trinken und begleitet ihn ins Bett. Sie begreift nicht, wie er bei der Hitze so frieren kann. Sie misst die Temperatur und erschrickt. Fred hat 40 Grad Fieber. In seinem Brustkorb rauscht das Meer. Sie denkt an Pneumonie, Lungenentzündung, macht Wadenwickel, um das Fieber zu senken. Noch in der Nacht wechselt sie die Tücher, gibt Fred heißen Tee zu trinken, muss ihn zur Toilette begleiten. Er ist sehr schwach und ihm ist heiß. Am Samstag gleich in der Frühe kommt der diensthabende Arzt und verabreicht Antibiotika. Er gibt Anweisungen und verspricht, am Sonntag wieder zu kommen. Tonis Verdacht hat sich bestätigt. Lungenentzündung. Fred muss im Bett bleiben. Er fühlt sich schlapp, ist kraftlos und müde. Das Fieber ist um 10 Grad gefallen. Am Sonntag bekommt er noch eine Spritze Penicillin. Es geht ihm schon besser, er will am Montag wieder arbeiten. „Nein!" sagt der Arzt, „Sie gehen zum Hausarzt und dann ist für drei Wochen Pause. Mit Lungenentzündung ist nicht zu spaßen, zumal Sie keine Milz mehr haben."

Bald ist Urlaubszeit. Endlich. Sie fahren nach Berlin, aber dieses Mal ohne Auto. Sie leben ja in einer Gegend mit guten Bahnverbindungen. Fred soll von den Strapazen des Straßenrummels Abstand nehmen und so die Landschaft genießen. In Ulm müssen sie auf den ICE warten, der wie üblich Verspätung hat. In der Bahnhofshalle muss Fred husten, ringt nach Luft. Er hustet erneut in seine hohle

Hand ab, die Hand eines starken Mannes ist gefüllt mit Blut. „Sollen wir umkehren?" fragt Toni. „Nein, es geht mir besser. Schau, der Zug kommt gleich." Sie genießen die Fahrt, sehen die Landschaft aus einem ganz anderen Blickwinkel. Sie genießen die schöne gemeinsame Zeit, werden im Hotel verwöhnt und Fred kann endlich durchatmen, Husten ohne Hustenanfälle. Endlich gemeinsam das Ägyptische Museum besuchen, die vielen Sehenswürdigkeiten, von denen Toni keine Ahnung hatte. Das grüne Herz Berlins hat es den beiden angetan. Sie gehen stundenlang spazieren. Wieder zu Hause konsultieren sie ihren bekannten Internisten und schildern die Situation von Ulm. Er ordnet eine Röntgenaufnahme des Thorax an. Ein dunkler Fleck zeigt sich auf den linken unteren Lungenlappen. Der Arzt sagt: „Das gefällt mir nicht. Sie müssen in die Lungenfachklinik nach Wangen. Wir brauchen eine Diagnose und außerdem missfällt mir Ihr Husten." Einige Tage später werden sie bei dem Chefarzt vorstellig. Er ordnet wieder Röntgen des Thorax und danach eine Bronchoskopie an. Nun sitzt Fred im Vorzimmer des Untersuchungszimmers, angelehnt an die weiße Wand mit einem Betäubungsmittel im Mund. Es ist eine endoskopische Untersuchung des Tracheobronchialsystems. Nicht schön, aber Fred ist tapfer, Tränen rollen über seine Wangen. Er drückt ganz fest die Hand seiner Frau. Sie darf ihm beistehen, verfolgt die Untersuchung auf dem Bildschirm. Das Ganze dauert nur 20 Minuten. „Schauen Sie her," sagt der Arzt, „alles ist entzündet, aber kein Verdacht einer Malignität, wie ich vermutet habe." „Kommt das vielleicht vom Schnarchen?" fragt Toni. „Warum sagt mir das denn niemand?" erwidert der Arzt. „Ihr Mann ist krank, dagegen ist die Diagnose unklar."

Fred bekommt sofort einen Termin im Schlaflabor. Er wird verkabelt und die ganze Nacht über Monitor überwacht. Dabei wird festgestellt, dass er 60 Aussetzer in einer Stunde hat. An sogenannten Tiefschlaf ist nicht zu denken. Er sägt und sägt, ist ständig in Bewegung. Kein Wunder, dass er dauernd müde ist und zu nichts Lust hat. Manchmal schläft er am

Esstisch schon ein. „Wenn Sie so weiter machen, landen Sie bald in der Leichenhalle. Schlaf ist extrem wichtig für den Körper." „Und was schlagen Sie vor, Herr Doktor?" „Sie bekommen heute Abend eine Schlafmaske, werden ans Gerät angeschlossen und dann verkabelt. Wir werden Ihren Schlaf wieder überwachen, und morgen darüber sprechen. Wenn Sie mit der Situation zurechtkommen, dürfen Sie dann heim." Fred will auf jeden Fall heim. Der Schlaf lässt noch zu wünschen übrig, es sind immer noch Aussetzer vorhanden. Die Schlafmaske ist kein Vergnügen zu Beginn der Anwendung. Schritt für Schritt gewöhnt sich Fred an sie, nur die kalte Luft, der benötigte Sauerstoff, ist zu Anfang lästig. Er braucht wegen der COPD, so die Diagnose des Lungenfacharztes, ein Vorwärmgerät, welches ihm die Krankenkasse anfangs verweigert. Erst nach erneuter stationärer Behandlung wird es genehmigt. In seinem Transporter wird auch der Anschluss für sein Gerät installiert. Das Problem ist nur, dass Fred bei Anwendung der Atemmaske überhaupt nichts hört. Er trägt die Verantwortung für seine Ladung, meistens sind es nagelneue Audis und diese sollen unbeschadet die Empfänger erreichen. Fred ist ein Mensch, der sich mit neuen Situationen schwertut. Es braucht einige Zeit und viele gute Worte, bis er mit der Maske zurechtkommt. Für seine Bronchitis und zunehmende Atemnot bekommt er gute Medikamente und Kortisonsprays. Die Vorschriften und Paragrafen im alltäglichen Straßenverkehr und der Druck des Arbeitgebers machen ihn psychisch und physisch fertig. Am Wochenende hat er zu Hause zu nichts mehr Lust, ist schlecht gelaunt und dann wieder aggressiv. Himmelhochjauchzend und wieder zu Tode betrübt. Rotwein wird zum besten Freund. Echte Freunde haben bei diesem Job keinen Platz. Freitagnacht, recht spät, kommt er heim, Sonntagabend heißt es wieder Tasche packen für eine Woche. Als die Kinder noch klein waren, hieß es immer, Papa muss schlafen. Toni ist viel allein mit ihnen, geht in den Wald, wo sie die Natur erkunden können und sammelt in den Sommermonaten Pilze.

Fred wird 60. Auf dem Fest, das Toni ihm ausrichtet, vergisst er für ein paar Stunden seine unheilbare Erkrankung. Das Rauchen hat er schon längst aufgegeben und dennoch hustet er von Woche zu Woche stärker. Dass sich der Rotwein mit seiner Medikation nicht verträgt, will er nicht wahrhaben. Obwohl es in seiner Brust rauscht wie bei einem Seesturm, liegt die Lungenfunktionsprüfung im Normalbereich, immer an der Grenze. Sein Bronchialsekret hat sich inzwischen so verstärkt, dass man es ziehen kann, wie Spaghetti und dass es ihn am Durchatmen hindert. Der Husten reizt ihn so sehr, dass er immer wieder erbricht, er lässt aber vom Rotwein nicht ab. Eines Abends eskaliert die Situation. Toni kommt verspätet von ihrer Arbeit heim und Fred ist voll. Er randaliert, schreit, wirft sie im Wintergarten zu Boden und beschimpft sie auf das Übelste. Nachbarn hören es und rufen die Polizei. Sie reden nicht viel, nehmen ihn mit. Er schreit auch sie an, schlägt um sich und lässt kein gutes Haar an seiner Frau. Der Alkohol in seinem Blut beträgt 1,2 Promille. Die Nacht in der kalten Zelle tut seinen Bronchien nicht gut. Am Tag danach muss ihn seine Frau abholen, weil sie aber Angst von seiner Reaktion hat, nimmt sie die Nachbarin mit. Der Mann ist beleidigt, verletzt in seinem männlichen Stolz, spricht kaum ein Wort und erinnert sich nur vage an das Geschehen. Toni macht ihm heißen Kaffee und lässt das Badewasser einlaufen. Er spricht nicht viel, kann nicht verstehen, warum er in der Zelle übernachten musste. Den Rest des Tages verbringt er im Bett. Zum Glück ist er krankgeschrieben. An sonnigen, warmen Tagen liegt er auf dem Liegestuhl in seiner Loggia. Toni kümmert sich um ihn, sobald sie zu Hause ist, macht ihm Brustwickel und versorgt ihn mit guten Getränken ohne Alkohol und schleimlösenden Tees mit Thymiansirup. Sie kann nicht immer bei ihm sein, muss arbeiten und den Haushalt samt Garten in Ordnung halten. Für sich hat sie keine Minute mehr.

Über den Sommer bessert sich Freds Gesundheitszustand ein wenig und er ist wieder unterwegs. In einer Nacht fährt er über einen Viadukt, für einen Bruchteil einer Sekunde übermannt ihn der Sekundenschlaf. Der Transporter bewegt sich selbstständig weiter, wenn nicht in diesem Moment jemand laut gerufen hätte: „Fred, Fred!" Somit kann er sein Gefährt im letzten Moment noch lenken, und kommt heil bis zum nächsten Parkplatz. Der Schreck ist ihm in die Glieder gefahren, er denkt nach. So ruft mich nur meine Toni, wie kann das denn sein? Es kann. Sie zündet jeden Tag vor dem Kreuz eine Kerze an, nicht weil sie bei der Kirche arbeitet, nein, weil sie weiß, dass alles im Leben in seinen Händen gut aufgehoben ist. Trotz aller Schwierigkeiten halten sie fest zusammen. Ihr priesterlicher Freund hilft ihnen die Jahre hindurch mit Rat und Tat. Leider ist er viel zu früh in die Ewigkeit gegangen.

Fred ist unterwegs, es geht ihm wieder schlecht, sein Herz macht ihm zu schaffen, er bekommt schlecht Luft. Er kann den mit den Audi 80 beladenen Transporter noch auf den Parkplatz lenken und zum Halten bringen. Die Polizei und BAG führen Kontrollen durch. Ein Beamter öffnet die Fahrertür und erschrickt. Fred ist vom Schweiß durchnässt, kreideweiß, apathisch, ringt nach Luft. Die Kontrolleure machen kurzen Prozess, sie rufen den Notarzt und Fred landet im Krankenhaus. Sie bemühen sich sehr um ihn, wundern sich, dass er noch am Steuer eines Lkws sitzt. Das EKG zeigt eine Herzrhythmusstörung an und der Blutdruck wechselt zwischen Hoch und Nieder. Er schnappt nach Luft, kann nicht abhusten. Die eingeatmete Luft blockiert, es rauscht im Brustkorb wie auf dem tobenden Meer. Eine Infusion wird angehängt und Cortison verabreicht. Dazu bekommt er noch zu Trinken und weil gerade das Essen ausgeteilt wird, auch zu essen. Nach einigen Stunden fühlt er sich besser, die Ärzte wollen ihn stationär aufnehmen, um seine Beschwerden zu klären. „Ich kann nicht bleiben", sagt Fred, „die Ladung muss auf den Hof." „Aber dann auf Ihre Verantwortung. Sie müssen hier unterschreiben, mir ist allerdings nicht wohl dabei", sagt der behandelnde Arzt.

Fred denkt jetzt an seinen Kollegen Josi. Auch er hatte über Herzbeschwerden geklagt, dann kam er ins Krankenhaus, wo er nach zwei Wochen ohne Befund entlassen wurde. „Sie sind überarbeitet, ruhen Sie sich aus und dann können Sie wieder ans Steuer", hieß es. Gut, dachte Josi, wenn sie nichts gefunden haben, ist ja gut. Zwei Wochen später ist er wieder mit seinem Transporter voll beladen mit VW, unterwegs. Wieder bekommt er diese grausigen Schmerzen in seiner Brust. Er kann nicht mehr. Zum Glück findet er gleich einen Parkplatz, schaltet den Motor ab und gibt in der Firma den Standort bekannt. Er öffnet die Fahrertür und fällt aus dem Fahrersitz auf den Boden, tot. Nicht auszudenken, wenn sich das auf der Autobahn zugetragen hätte. Armer Mann. Im Bosnienkrieg flüchtet er mit seiner Frau, die Ehe geht in die Brüche und dann stirbt er einsam im fremden Land.

Fred braucht viel Zeit, kommt aber gut auf dem Hof an, dann steigt er in seinen Pkw und fährt heim. Er ist restlos erledigt, kann nicht mehr. Er kommt wegen Herzrhythmusstörungen in das nahe gelegene Krankenhaus, wo er nach einer Woche wieder entlassen wird. Es folgen Kur Aufenthalte. Sie bringen wenig Linderung. In Bad Reichenhall wird wieder eine Bronchoskopie durchgeführt, sanft und schmerzlos mit dem schlechten Ergebnis. „Ihre COPD hat bereits die zweite Stufe überschritten. Beantragen Sie Ihre Rente", rät der Sozialdienst. „Habe ich schon, wurde abgelehnt." „Sie müssen Widerspruch einlegen und sich einen Anwalt nehmen. So können Sie nicht weiter machen." Aber Fred will noch bis zur Rente arbeiten.

So warten Mutter und Tochter eines Tages am gedeckten Frühstückstisch auf den Vater. Er kommt aber nicht. Schließlich rufen sie die Firma an und fragen nach Fred. „Hat Sie denn die Polizei nicht verständigt?" fragt der Disponent. „Nein", antwortet Toni. „Was ist denn geschehen?" „Ihr Mann hatte heute Nacht einen Unfall, man musste ihn mit der Feuerwehr aus der Kabine befreien. Er war einem Lkw hinten aufgefahren, der Laster hatte sich verkeilt und seine Beine eingeklemmt. Er war in Sinsheim im Krankenhaus." Die beiden waren geschockt. Der Satz, „die Beine sind eingeklemmt", kreiste im Raum umher. „Wird er wieder gehen können?" In der vorigen Nacht hatte Toni von einem lauten Knall geträumt so als würde Blech auf Blech fallen und wurde dabei wach. Das war die Stunde des Unfalls. Wieder Sekundenschlaf. Erst gegen Mittag erreicht sie einen Krankenpfleger. „Ihr Mann ist gerade zur Toilette", berichtet er, „es geht ihm schon wieder besser."

Zwei Tage später wird er vom Disponenten heimgebracht. Seine Beine sind ab dem Knie bis zum Knöchel geschwollen, aber zum Glück ohne Frakturen. Sie sind mit Blut gefüllt und blau unterlaufen. Das sogenannte traumatische Ödem. Zum Glück ist seine Frau Krankenschwester und kann ihn pflegen. Der Hausarzt verschreibt Heparin Injektionen, die täglich gespritzt werden müssen. Damit sich keine Entzündung einnistet, bekommen sie noch ein Antibiotikum. „Die Gefahr einer Thrombose ist groß," sagt der Arzt. Dazu werden Quarkumschläge gemacht und die Beine hochgelegt. „Wie ist das denn passiert?" will der Arzt wissen. „Ich muss eingenickt sein", antwortet Fred „Ich möchte einmal in meinem Leben sagen, dass ich gut geschlafen habe." „Sie haben doch die Schlafmaske." „Schon, sie ist aber eben auch nicht das gelbe vom Ei." „Erholen Sie sich gut, Sie sind ja in den besten Händen."

Er wird nun bis auf Weiteres krankgeschrieben.

Sein Zustand, was die COPD betraf, verschlechtert sich zunehmend. Seine Beine wechseln die Farben, sie waren noch gelb und sichtbar dünner.

Er selbst sitzt im tiefen Loch, ständig nur noch traurig gestimmt, dann wieder recht aggressiv. Immer ist der Rotwein sein bester Freund. So vergehen Wochen und Monate und die Rente lässt immer noch auf sich warten. Er ist frustriert, enttäuscht, nimmt sich nicht mehr als Mann wahr. Die Depression hat ihm die Manneskraft genommen, nun bildet er sich noch ein, seine Frau würde ihn betrügen. Dass sie verschiedene Arbeitszeiten in der Kirche hat, glaubt er nicht. Dunkelheit legt sich über das Land, der Sommer sagt ade. Allerlei Früchte reifen im Garten, aber Fred hat keine Freude mehr an ihnen so wie früher. Im Wohnzimmer sitzt er am liebsten in der Dunkelheit, Toni dagegen möchte viel Licht. Eines Abends als sie von der Arbeit heimkommt, hat er bereits viel intus und beschimpft sie aufs Übelste. „Ich bin zu Hause krank und Du vergnügst Dich mit einem Anderen, ich bin ja kein Mann mehr." Sie will ihn beruhigen, setzt sich zu ihm, will ihn trösten. Er stößt sie weg, zertrümmert einige Gegenstände, schimpft auf alles Mögliche ohne jeglichen Zusammenhang. Sie flüchtet in das Obergeschoß, schließt sich ein. Zum Glück hat sie immer ihr Handy dabei, sie ruft die Polizei. Inzwischen zertrümmert er die Glastür und schreit: „Jetzt bist Du dran!" Er hat bereits das große schwarze Küchenmesser in der Hand. Nach 15 Minuten ist die Polizei anwesend, sieht das Chaos und nimmt Fred mit. Dieses Mal landet er in der Psychiatrie. Der Grund seiner Reaktion muss abgeklärt werden. Nicht nur, dass er 1,6 Promille im Blut hatte, auch seine Wesensveränderung muss abgeklärt werden. An nächsten Tag bringt Toni die benötigten Sachen für den 28-tägigen Aufenthalt.

Fred steht im Flur und ist völlig desorientiert und verzweifelt. „Es tut mir so leid", murmelt er. „Ich kann nicht mehr", sagt sie nur und geht weinend davon. Mit dem Arzt ist abgesprochen, dass er die Zeitspanne bleiben sollte, die in solchen Fällen vorgeschrieben ist, und dass er keinen Besuch erhalten sollte. Mutter und Tochter fliegen nach Madeira, um sich ein wenig abzulenken und neue Kraft zu tanken. Weil sie beide die Natur lieben, hatten sie diese Insel im Atlantik ausgesucht und kommen aus dem Staunen nicht heraus. Sie machen Ausflüge in dieser wunderschönen Natur, mal mit der Gruppe, mal allein. Am Straßenrand wachsen Avocado und Bananen. In den Wäldern sind Grünlilien, Flamingoblumen und Orchideen zu bestaunen. Erst in Funchal wird in der Markthalle der Reichtum an Pflanzen, Früchten und Blumen, die Schönheit dieser Insel richtig deutlich. In der oberen Etage hängen Zwiebeln, Knoblauch und knallrote Chili zu langen Zöpfen gebunden. Schon muss Toni an Fred denken, denn er liebt diese Knollen über alles. Mit der Seilbahn fahren sie den Berg hinauf.

Sie besuchen den Botanischen Garten und sind wieder überwältigt von der Schönheit der Pflanzenwelt. Nicht zu übersehen ist der Tümpel mit Wasserschildkröten. Ein Muss ist die englische Teestunde mit allerlei Köstlichkeiten, die bereits die Kaiserin Elisabeth von Österreich genoss.

Bei aller Schönheit, Sonnenschein und guter Meeresluft lässt sich die Sorge um Ehemann und Vater nicht abschütteln. Wie geht es ihm, was macht seine Gesundheit? Diese Gedanken sind immer gegenwärtig, lassen nichts anderes zu.

Nach 28 Tagen findet schließlich mit Tochter und Frau das Abschlussgespräch statt.

Fred kann immer noch nicht verstehen, warum er dort war, er hätte doch nichts getan. Belehrt über die Vergangenheit, sagte er, dass dies ein anderer war und nicht er. „Wir haben Ihnen die Glassplitter aus der Großzehe entfernt in jener Nacht," versucht ihm der Stationsarzt zu erklären. Dann fragt er, ob Toni bereit wäre, weiterhin bei ihm zu bleiben. „Ich will es versuchen", sagt sie und nimmt Fred mit nach Hause. Vergeblich bittet sie die Ärzte um einen CT des Kopfes und Thorax. Auch ihr Anwalt erreicht nichts. Das Ganze sei zu teuer und unnötig. Allein der Alkohol sei an der Sache schuld.

Er spricht nur noch wenig, zieht sich ganz zurück. Inzwischen werden von der Rentenanstalt Gutachten verlangt. Zuerst muss er zu einer Neurologin nach Bad Schussenried. Er solle zur Eheberatung und etwas abnehmen, dann würden die Ängste schon verschwinden. Kein Wort zu seiner Depression und dem unerträglichen Husten. Der beste Gutachter ist ein Arzt in Sonthofen. Die Untersuchung dauert nur 20 Minuten, dagegen ist das Gutachten 12 Seiten lang und Fred für absolut arbeitsfähig befunden. Er wird mit den Worten entlassen: „Sie müssen doch nicht viel arbeiten, dürfen nur das Lenkrad halten und fahren. Das bisschen Husten ist ja nicht schlimm. Die zwei Jahre halten Sie schon aus." Dagegen wettert ein Pneumologe, dass es unmöglich und unverantwortlich sei, ihn in seinem Zustand weiter arbeiten zu lassen. Der Anwalt ist erfolgreich und Fred darf in seinen verdienten Ruhestand nach bereits 46

Jahren Arbeitszeit ohne Abzug. Auch die Firma muss ihm den restlichen Urlaub auszahlen. Die Zahlung dauert, die Rücklagen sind aufgebraucht und zu allem Übel verliert Toni ihre Anstellung. Sie wollen sie nicht mehr. Die monatlichen Zahlungen aber bleiben weiterhin bestehen. Der Bankdirektor gibt gute Ratschläge und hilft dem Ehepaar in ihren Geldangelegenheiten.

Der Sommer hat sich bereits verabschiedet und schon steht der Herbst vor der Tür. Hie und da tragen Bäume noch ihr hellbraun gefärbtes Laub. Ein Paar Weißstörche suchen im Ried nach etwas Essbarem.

Es ist Samstagnachmittag und schon recht kalt. Fred zieht seine blaue Winterjacke an, setzt seinen dunklen Hut auf und verlässt wortlos das Haus. Als er nach 5 Stunden nicht wieder heimkommt, macht sich Toni auf die Suche. Sie ist verzweifelt, denn sie weiß, in welcher Verfassung sich ihr Mann zurzeit befindet. Eine Bekannte begleitet sie. Die beiden Frauen durchforsten die Wälder rund um den Ort, begehen die Wege, die einst ihre Spazierwege waren. Endlich, ganz abgelegen, finden sie Fred sitzend an eine Buche angelehnt. Daneben eine halb volle Flasche Heilbronner Trollinger. Um ihn herum hellbraune Buchenblätter zerstreut auf der leicht gefrorenen Erde. Als er die Frauen wahrnimmt, steht er auf, will davonlaufen, schimpft fürchterlich und fällt hin. Sie rufen den Notarzt. Er bringt ihn heim. Durchgefroren und alkoholisiert bringt man ihn in sein Bett. Rasch gibt ihm Toni heißen Tee mit Honig und Thymiansirup zu trinken und legt eine warme Bettflasche an die Füße, dazu noch eine Wolldecke über die eigentliche Bettdecke. Er ist dennoch ungut, weil sie ihn gefunden haben. „Ich kann nicht mehr und ich will auch nicht mehr", sagt er immer wieder. „Versuch jetzt zu schlafen, dann mache ich Dir etwas zu essen." „Ich will nichts mehr, lass mich doch endlich sterben. Niemand glaubt mir, sie haben mich in eine Schublade als Alkoholiker gesteckt und dort habe ich zu bleiben. Koste es, was es wolle, und Du hilfst noch dazu. Wie es mir wirklich geht, interessiert niemanden." „Versuch ein wenig zu schlafen, ich bin in Deiner Nähe." Es ist zum Weinen, er hat an nichts eine Freude.

Schnee bedeckt die Erde, es ist kalt geworden. Die Amseln und Kollegen sind laufend auf der Suche nach Futter. Toni hängt das neue Vogelhäuschen im Baum auf, so, dass Fred beim Frühstück die Vögelchen beobachten kann. Endlich hat er ein Lächeln auf seinen Lippen. „Schau", sagt er, „sie streiten sich um das bisschen Futter wie die Menschen in ihren Leben." Man kann die Uhr nach ihrem Kommen stellen. Der Buntspecht ist der letzte der gefiederten Gäste. Jeden Morgen sitzen sie gemeinsam am Tisch, trinken Kaffee und beobachten die hungrigen Gäste. Fred isst nur einen winzigen Teil von dem, was er früher aß und nimmt ständig zu. Seine Beine haben das Doppelte an Umfang zugenommen, er hat Mühe, sich fortzubewegen. Auch die Schuhe passen nicht mehr, auch seine Kleidung ist zu eng. „Bring alles weg, ich werde es nicht mehr brauchen. Am besten zur Diakonie!" Toni gehorcht. Wieder sitzen sie beieinander am Tisch, genießen den duftenden Kaffee. Fred hat sich ein Laugenbrötchen gewünscht, das er in seiner rechten Hand hält. Plötzlich fällt das Brot aus der Hand, es ist nur ein Bruchteil von einer Sekunde und er fragt: „Was war denn das?" Eine Absence, eine kurze Bewusstseinsstörung, eine Form des epileptischen Anfalls. Auf Anordnung des Hausarztes muss er bei seinem Neurologen vorstellig werden. Es wird eine EEG(Enzephalografie) durchgeführt, danach erfolgt Schlafentzug und wieder ein EEG, um sicher eine Epilepsie auszuschließen. Auch ein CT vom Kopf wird endlich veranlasst. „Ich kann Sie beruhigen", sagt die Ärztin, „es ist keine Epilepsie, es sind Veränderungen in Ihrem Gehirn festzustellen. Auch einige kleine Gefäße im Kleinhirn sind bereits zu. Von der Borreliose im vergangenen Sommer ist keine Spur mehr zu finden. Haben Sie noch Fieber?" „Nein", antwortet Fred. „Sollte sich die Sache wiederholen, sehen wir uns wieder. Autofahren sollten Sie in den kommenden Wochen allerdings nicht."

Fred wird nun vom Medizinischen Dienst eingestuft und bekommt ein Krankenbett samt Matratze und Galgen. Toni richtet das Krankenzimmer ein. Auch Fernseher, Radio, Inhalationsgerät samt Schlafapnoegerät haben ihren festen Platz. Das Bett lässt sich in alle Richtungen verstellen und an dem Bettgalgen ist eine kleine Lampe angebracht. Jetzt kommt Fred leichter aus dem Bett. Er muss öfter in der Nacht inhalieren, damit er abhusten kann. Dabei schließt er die Tür ab, damit Toni, sie schläft nebenan, ja nicht aufwacht. Nacht für Nacht das gleiche Szenario. Einen halben Joghurtbecher Schleim hustet er ab, dann kann er wieder atmen und an die 4 Stunden schlafen. Warmer Tee muss immer bereitstehen, dagegen ist Alkohol kontraproduktiv. Auch Holundersaft und Thymiansirup sowie Honig helfen ein wenig, den zähen Schleim zu lösen.

Es gibt nun schlimme Tage und schlaflose Nächte. Manchmal sitzt er nur da, weinend, deprimiert, will allein sein. Der Druck in seinem Brustkorb wird immer stärker. Er will zu keinem Facharzt mehr, sie glauben mir doch nicht, sagt er immer wieder.

Bei einem gemütlichen Beisammensein mit der Tochter und seinem Cousin aus dem Schwarzwald am Kaminfeuer und gutem Essen steht Fred plötzlich aus heiterem Himmel auf und schimpft wirres Zeug. Dann verschwindet er in sein Krankenzimmer, wo er bis zum nächsten Morgen schläft. Angesprochen auf den Abend ist er über sein Verhalten entsetzt und zugleich beschämt. Es sprudelt nur so aus ihm heraus, alles regt ihn auf und keiner versteht ihn. Dauernd diese Atemnot, schlechter Schlaf und Ausbrüche, die sich häufen. Dabei die Angst im Nacken, dass ihn seine Frau bei seinem Verhalten verlassen könnte. Hätte sie den Rat der Hilfsorganisation befolgt, die sie aufgesucht hatte, wäre sie längst weg. Da hieß es nur: „Verlassen Sie Ihren Mann und genießen Sie Ihr Leben." Einen kranken Mann lässt man nicht im Stich, komme was da wolle. Sie hat es ihm ja versprochen, in guten wie in schlechten Tagen. Dass die schweren Tage immer mehr werden würden, ahnt sie nicht.

Der Winter schien langsam Abschied zu nehmen. Schneeglöckchen blühen im

Garten und läuten den Frühling ein. Lenzrosen strecken ihre Köpfe der Sonne entgegen und Primeln grüßen mit ihrer Blütenpracht. Bienen sind bereits auf der Suche nach Nektar unterwegs und Amseln jagen einander mit ihren gefiederten Freunden nach. Kein Zweifel, der Frühling ist im Anmarsch. Nur Fred, einst großer Liebhaber der Natur, interessiert der Naturreigen nicht mehr. Teilnahmslos sitzt er an der Bettkante und ringt nach Luft. Er muss immer wieder inhalieren, um sich von dem lästigen Schleim zu befreien.

Bevor die Arbeit im Garten beginnt, will Toni noch ihr Nähzimmer aufräumen, ein kleiner Raum oben, den Fred ihr eingerichtet hatte. Immer wieder hört sie Fred husten, doch dann ist es plötzlich still. Sie lässt alles liegen und eilt die Stufen hinunter. Ihre Sorge ist berechtigt. Fred sitzt auf der Toilette, kann nicht sprechen, schnappt nur nach Luft, winkt mit der rechten Hand ab. Sie schaut ihn an. Seine Lippen und seine Fingernägel sind bereits blau, das Zeichen des Mangels an Sauerstoffsättigung. Sie fackelt nicht lange, ruft 112 an und schildert die Situation. „Und was vermuten Sie?" fragt eine Stimme. „Bronchospasmus, Krampf der Bronchialmuskeln, typisch bei COPD." Mit großer Mühe steht Fred unterstützt von seiner Frau auf. Sie muss ihn waschen und anziehen, danach gehen sie an der Wand entlang ins Krankenzimmer. Und schon sind Sanitäter mit ihren Gerätschaften an der Haustür. Zuerst geben sie ihm Sauerstoff, legen den Zugang für die Infusion und lassen ein EKG schreiben und schon ist auch der Notarzt vor Ort. Er wirft einen Blick auf den Medikamentenplan und injiziert Cortison. Die Bronchialmuskulatur beruhigt sich, dennoch hält es Fred in liegender Position nicht aus. Sie setzen ihn auf die Bettkante und er nimmt einen Hub von seinem Bronchial-Spray. „Sie machen das aber gut", lobt ihn der Notarzt. „Ich habe es in den 14 Jahren ja gelernt." „Und warum haben Sie keinen Sauerstoff parat für einen solchen Fall?" will der Arzt wissen. „Das müssen Sie Ihre Kollegen fragen." Langsam löst sich der Krampf und Fred atmet wieder. „Das war aber knapp", meint der Notarzt, „gut, dass Sie uns gerufen haben. Wir kommen nochmals vorbei, sobald die Infusion eingelaufen ist." „Das brauchen Sie nicht, ich bin vom Fach." „Aber morgen," sagt der Notarzt, „lassen Sie sich ins Lungenfachzentrum einweisen, denn das heute kann sich jederzeit wiederholen."

Tags darauf fahren sie in die Notambulanz nach Weingarten. Fred ist so schlecht auf den Beinen, dass Toni sich einen Rollstuhl besorgen muss, um ihn ins Wartezimmer zu bringen. Trotz seines schlechten Zustandes lassen sie ihn zwei Stunden warten. Ein unerträglicher Zustand. Endlich kommt er an die Reihe. Ein indischer Arzt nimmt sich seiner an, gibt ihm gleich Sauerstoff. Dann lässt man ihn inhalieren. Danach folgen die Untersuchung und Blutentnahme. Nach bereits 3 Stunden liegt Fred in einem Bett und ist angeschlossen an Sauerstoff. Er ist total erledigt, kann nicht mehr. Toni zieht ihn um und räumt seine Sachen ein. „Morgen komme ich wieder, versuch zu schlafen und mach Dir keine Sorgen." Sie fleht die Ärzte an, endlich ein CT vom Thorax anfertigen zu lassen.

Am nächsten Tag besucht sie ihren Mann wieder und bringt ihm Kaffee und Kuchen mit. „Stell Dir vor, morgen wollen sie ein CT machen lassen." „Na endlich, ich bin schon sehr gespannt." Sie duscht ihn, ein Pfleger hatte sich angeboten, aber er lässt sich nur von seiner Frau versorgen. Sie cremt ihn ein und zieht ihm einen frischen Schlafanzug an. Er kann sich kaum noch bücken, nur mit großem Kraftaufwand und viel Zeit kann er sich rasieren. Seine Beine haben inzwischen den doppelten Umfang und sein Gewicht ist auf 150 kg gestiegen und das bei einer minimalen Menge an Nahrung. Nur seine Atmung hat sich ein wenig gebessert. Sie bleibt nicht lange, weil für ihn alles sehr anstrengend ist. „Morgen komme ich wieder", sagt sie und hält seine Hand fest.

Als sie am nächsten Tag wieder kommt, wird sie zu den Ärzten gebeten. „Wir haben ein Thorax CT bei Ihrem Mann gemacht und haben ein Aortenaneurysma festgestellt. Leider hat es bereits einen Durchmesser von 6 cm, ein Fahrradschlauch also." „Und wo?" fragt Toni. „Es ist die aufsteigende Aorta, Aorta ascendens. Der Aortenbogen ist frei und auch die absteigende Aorta." „War das der Druck in seiner Brust und das Brennen, das ihn so belastet hat?" „Sicher," antwortet der Arzt. „Und jetzt?" „Wir haben in Tübingen in der Herzchirurgie bereits einen Termin gemacht." „Wie können Sie, ohne den Patienten zu fragen, Entscheidungen treffen?" sagt Toni aufgebracht. „Wir haben auch unsere Termine, die wir nicht verschieben können. Fred ist zur Kurzzeitpflege in Weingarten angemeldet, weil ich wegen meiner Lendenwirbelsäule zum Neurochirurgen muss. Er wird in dem Haus bestens versorgt, bis ich wieder komme." „Wenn das so ist, müssen Sie selber einen Termin machen, aber verlieren Sie keine Zeit."

Von nun an haben sie beide keine ruhige Minute mehr, denn das Aneurysma konnte jederzeit wandern. Zwei Wochen später bekamen sie in Tübingen in der Herzambulanz einen Termin. Wie sie dahin kommen sollen, sagt ihnen niemand. Toni wendet sich an die Krankenkasse und eine freundliche Angestellte hilft. Sie stellt einen Taxischein aus und erklärt, was es damit auf sich hat: „Sie können mit dem schwerkranken Mann nicht selber fahren, hier haben sie den Schein, den sie dem Taxifahrer gleich bei seiner Ankunft aushändigen müssen. Sie müssen immer ein paar Tage vor Fahrtbeginn bei uns vorbeikommen, weil wir das erst genehmigen müssen." Toni ist froh, einen Ansprechpartner bei der Krankenkasse zu haben. Wenigstens die finanzielle Belastung ist geregelt, denn Taxifahren ist nicht umsonst. In der Herzambulanz in Tübingen, angekommen, müssen sie erst eine Stunde warten, bis sie aufgerufen werden. Das Untersuchungszimmer ist sehr klein und hat keine Fenster. Es ist nur mit einer Liege, Stühlen und 2 PC ausgestattet. Der freundliche Facharzt von großer Statur und leicht grau meliertem Haar empfängt die beiden. Er durchforstet die mitgebrachten Unterlagen, schüttelt nur den Kopf.

Er bittet Fred, sich hinzulegen, damit er ihn untersuchen kann. Mit seinem Stethoskop horcht er ihn zuerst vorn, dann auch hinten ab. „Wie lange sind Sie schon lungenkrank?" „Über Jahre", antwortet Fred und bekommt sofort einen Hustenanfall. „Und das Aneurysma wurde per Zufall entdeckt?" will der Arzt weiterwissen. „Nicht ganz", meint Fred. „Seit Jahren habe ich den Druck in der Brust, aber niemand nahm mich ernst. Es hieß immer, das sei bei einer Depression normal. Meine Frau ließ nicht locker, bis sie es endlich durchgeführt haben. Und was passiert jetzt?" fragt Fred. „Ja, nun, ich müsste Sie operieren, aber Sie sind zu krank. Ich würde Sie sozusagen umbringen. Sie müssen wissen, dass in Ihrem Fall der Brustkorb geöffnet werden muss und Sie an die Lungenmaschine angeschlossen werden würden, denn das Herz muss stillgelegt werden. Nach der Operation, es sind einige Stunden, genau kann man es nicht voraussagen, muss die Lunge ihre Tätigkeit vollständig übernehmen. In Ihrem Fall habe ich gewisse Zweifel. Beim ersten Hustenanfall würden die Nähte reißen und das wäre nicht schön und die ganze Arbeit umsonst. Vermutlich aber würden Sie mit einer Trachealkanüle aufwachen. „Bitte, lieber nicht. Meine Tante trug eine solche Kanüle ihr Leben

lang, nachdem ihre Kropfoperation miss-
lungen war." „Ich möchte Ihnen helfen",
sagt der Arzt. „Ich gebe Sie nicht einfach
auf, brauche aber noch einige genaue
Tests." „Können die in unserem Krankenhaus durchgeführt werden?" möchte Toni
wissen. „Dann kann ich meinen Mann
besuchen und ihm beistehen." „Ja, sicher.
Ich schreibe alles auf, was ich benötige.
Eine Herzkatheteruntersuchung, ein CT
und Blutuntersuchung sowie Lungenfunktionsprüfung. Dann kommen Sie
wieder zu mir, einen Termin bekommen
Sie an der Anmeldung."

Fred kommt für eine Woche ins nahe
gelegene Krankenhaus, wo jeden Tag eine
andere Untersuchung gemacht wird. Er
ist sehr mitgenommen. Die Luft ist knapp,
er bekommt Sauerstoff, seine Beine kann
er nur mühsam bewegen, aber er ist froh,
dass seine Toni bei ihm ist. Sie duscht ihn
jeden Tag, cremt seinen Körper ein, zieht
ihn um. Ein Pfleger hatte sich wieder angeboten, aber Fred will sich nur von seiner Frau pflegen lassen. Zum Schluss
trinkt er noch seinen Lieblingskaffee und
isst dazu ein Stück Erdbeerkuchen. Die

Erdbeerzeit hatte bereits begonnen. Sie halten sich an den Händen, einander zugewandt, wortlos. „Es wird schon wieder", sagt sie und schon quält ihn der nächste Hustenanfall.

Nach zwei Wochen fahren sie wieder mit dem Taxi in die Uniklinik nach Tübingen. Sie haben wenig Hoffnung auf eine Besserung. Das lange Leiden hat sie mürbe gemacht. Vor allem ist Fred tief enttäuscht, auch verärgert, weil ihn niemand ernst genommen hatte und ihm seine Beschwerden geglaubt hatte.

Wieder warten sie auf der Bank der Herzchirurgiepraxis, bis sie aufgerufen werden. Endlich kommen sie wieder zu dem Arzt in dem kleinen Untersuchungszimmer. Er durchforstet die mitgebrachten Untersuchungsunterlagen und Laborbefunde, ist wütend über das schlampige Untersuchungsergebnis, ruft seinen Kollegen an. „So eine verdammte Schlamperei. Alles ungenau. Was glauben die Kollegen denn? Am liebsten würde ich sie anrufen. Es geht bei dem Patienten um Leben oder Tod." „Wir werden Sie hierbehalten, müssen die Untersuchungen wiederholen und ein Herzecholot noch dazu." Wie lange wird es dauern", fragt Toni besorgt. „Mit 4 Tagen müssen Sie schon rechnen", antwortet der Arzt. „Haben Sie denn das Nötige dabei?" „Gewiss, auch das Schlafgerät." „Sie warten hier, eine Schwester wird Sie abholen und auf die Station bringen."

Nun folgt eine Untersuchung nach der anderen. Zuerst ist der Herzkatheter an der Reihe. Der Kardiologe versucht es über den rechten Arm, er kommt nicht durch. Dann versuchen sie es über der rechten Leiste und es klappt. Das ganze Prozedere ist schmerzlos und dennoch mit Angst verbunden. Fred lässt alles über sich ergehen, fügt sich in sein Schicksal und hofft, egal wie das Ergebnis auch ausfällt, bald heimzudürfen. Ärzte und das Pflegepersonal kümmern sich sehr um ihn, nur das Essen hätte besser sein dürfen. „Du warst in der Klinik und nicht im Hotel", erklärt ihm seine Frau. „Und die 4 Tage sind ja keine Ewigkeit." „Für mich schon", meint Fred „und ohne Dich. Jetzt müssen die Untersuchungen ausgewertet werden. Und in einer Woche muss ich mich wieder in der Medizinischen Klinik vorstellen. Sie wollen noch einige Lungentests durchführen und danach entscheiden." „Was sollen wir jetzt tun?" fragt Toni. „Erst mal duschen." Fred braucht auch hier die Hilfe seiner Frau. Um in die Badewanne zu kommen, muss Toni zuerst das eine Bein heben und dann das andere, während sich Fred an der Handtuchhalterung festhält. Sie haben zwar einen Badelift, aber der ist leider zu schmal. So hält sich Fred mit beiden Händen an der Halterung fest und Toni kann ihn so einseifen und ganz nach seinen Wünschen abduschen. Dann kann sie ihn nur noch in das Badetuch einwickeln und ihn in sein Bett begleiten. Er muss sich ausruhen, erst dann kann sie ihn abtrocknen und eincremen. Nach einer Weile erst besteht die Möglichkeit, ihn anzuziehen. So vergeht eine Woche und sie fahren wieder nach Tübingen. Sie haben aber wenig Hoffnung auf Heilung und Hilfe. Husten quält ihn auf der ganzen Fahrt, er hat Mühe, den zähen Schleim loszuwerden. Er spricht nicht viel, nimmt es gelassen, was auch kommen mag.

In der Klinik wird zuerst eine Lungenfunktionsprüfung durchgeführt, danach erfolgt Lungenbelastung. Er muss zügig hin und her gehen, aber er kann es nicht, muss sich dazwischen hinsetzen. Eine Schwester steht mit der Stoppuhr daneben. Schon nach ein paar Schritten bekommt er Atemnot, ist erledigt. Dann heißt es wieder warten auf das Endergebnis

Sie werden in ein helles, spartanisch möbliertes Zimmer geführt, wo sie ein Arzt um die vierzig, freundlich empfängt. Er scheint mit sich zu kämpfen mit dem, was er ihnen sagen muss. Gefasst und sachlich erörtert er Folgendes: „Es tut mir sehr leid, Ihnen sagen zu müssen, dass wir Ihnen nach langer Beratung nicht helfen können. Ihre Werte sind sehr schlecht, aber das spüren Sie sicher selbst. Sie haben den Weg zu uns zu spät gefunden." Dann fragt Fred geradeaus: „Wie lange habe ich noch?" „Diese Frage lässt sich nicht einfach so beantworten. Vielleicht ein paar Wochen oder zwei Monate, vielleicht, vielleicht." „Und was sollen wir jetzt tun?" fragt Toni. „Versuchen Sie, die

Zeit, die Ihnen noch bleibt, so gut wie möglich zu genießen", sagt der Arzt mitfühlend.

Auf der Fahrt nach Hause herrscht Totenstille. Auf einmal sagt Fred: „Einmal muss es vorbei sein. Früher oder später kommt jeder an die Reihe, jetzt bin ich dran." Toni fehlen die Worte, was soll sie sagen, er weiß, wie es um ihn steht.

Es ist Sommer, warm und schön. Im Garten reifen allerlei Früchte und Beeren. Die Rosenbögen sind voll mit roten Blüten behangen und die Bachstelze stolziert über den grünen Rasen. Spatzen dagegen streiten ums Futter, obwohl sie es zu Genüge haben. Weil Fred nicht mehr gut von A nach B kann, ohne sich zu setzen, platziert Toni Sitzbänke rund ums Haus. Am liebsten sitzt er auf der braunen Bank nahe am Teich und schaut den Fischen zu. Seine Lieblingskatze Tomi sitzt immer bei ihm, hält mit ihren weißen Pfoten seinen Unterarm fest. Er streichelt sie und sie schnurrt. Sobald ihn die Luftnot quält, muss er die Sitzposition wechseln, ein paar Schritte gehen, sich dann wieder hinsetzen. Der Zustand ist unerträglich. Er lässt seinen Unmut an der Frau aus oder an dem, der gerade anwesend ist. Der Sommer ist heiß und trocken. Fred geht es von Tag zu Tag schlechter. Er liegt am liebsten auf seiner selbst gebauten Liege in der Loggia. Immer wieder richtet er sich auf, holt Luft und entledigt sich des zähen Schleims. Die ersten Pfirsiche sind reif. Zu seiner großen Freude bereitet ihm Toni eine Pfirsichbowle. Sie erfüllt ihm seine bescheidenen Wünsche, denn sie weiß, es sind seine letzten. In aller Ruhe sagt er, während er am Glas nippte: „Wenn alles vorbei ist, will ich verbrannt werden!" Toni stockt der Atem. „Ja, ich meine es ernst", sagt er weiter. „Und kein Theater an meinem Grab. Nur die Verwandten und Frau Pfarrer. Eine Todesanzeige bitte erst danach. Ich will kein Schaulaufen, einfach und bescheiden war mein Leben und so will ich auch gehen. Versprichst Du mir das?" „Ja, Fred," sagt sie leise und Tränen kullern über ihre von der Hitze geröteten Wangen. „Mit der

Tochter habe ich es auch so abgesprochen. Der Druck in meiner Brust wird immer stärker und meine Beine wollen mich nicht mehr tragen." Er muss sich wieder hinlegen, dann abhusten. Ein Wechselspiel, das sich ständig wiederholt. „Du darfst Dich nicht anstrengen", sagt Toni, „vielleicht geht es Dir morgen besser, sobald es geregnet hat. Dann ist die Luft auch feuchter und Du kannst besser abhusten." Er hat keinen Appetit mehr, obwohl er früher gern zugelangt hat. Und dennoch steigt das Gewicht stetig. Trotz seiner Entwässerungsmedikamente ist er bei 155 kg angekommen. Seine Beine sind schwer wie Blei, wollen ihn auch nicht mehr so recht tragen. An Sommerabenden macht ihm die Schwüle sehr zu schaffen. Abend für Abend duscht ihn seine Frau. Er kann sich nur mit beiden Händen am Handtuchhalter festhalten, den Rest muss sie erledigen. Sie wickelt ihn in ein Badetuch ein, begleitet ihn in sein Bett, wo er sich für einen Augenblick ausruhen muss. Jetzt erst kann sie ihn abtrocknen, eincremen und die Beine einölen. Nur mit einer kurzen Schlafhose bekleidet, bleibt er eine

Weile liegen, bevor er eine Scheibe Brot, belegt mit Käse und in kleine Würfel geschnitten, zu sich nimmt. Manchmal trinkt er ein Glas Bier oder Weißwein mit Wasser. Er jammert und klagt, wo denn der Tod bleibt. Toni weiß nicht so recht, was sie dazu sagen soll. Sie erzählt ihm die Geschichte von Reichskanzler Bismarck und seinem Hausarzt Dr. Sauerbruch. Auf die Frage, wann denn der Tod käme, antwortet Dr. Sauerbruch: „Er spaziert schon im Flur." „Und bei mir?" fragt Fred. Er ist im Garten und schaut sich die Blumen an. Fred weiß, dass seine Tage gezählt sind, aber er lächelt, nimmt ihre Hand und drückt sie ganz fest. „Nicht wahr, Du bleibst bei mir trotz allem, was wir hinter uns haben." „Ja, Fred, ich bin für Dich da, habe es Dir vor fast 50 Jahren versprochen." „Bis zu diesem Tag musst Du noch durchhalten." Gegen Ende des Jahres versinkt er wieder im Grübeln, will nur im Dunkeln sitzen. Seine Gedanken kreisen in der Vergangenheit und auf den Europastraßen. Gern wäre er sie noch abgefahren und hätte seiner Frau die schönen Seiten der Landschaft gezeigt. „Aber jetzt

liege ich da und bin ganz auf Hilfe ange-
wiesen. Nicht einmal auf die Toilette
schaffe ich es allein." „Du hast doch mich,
sag einfach, was ich Dir Gutes tun kann
und ich mache es." „Dann sag mir doch,
wo der Tod denn bleibt." „Im Himmel
muss erst ein Platz frei werden für Dich
und solange machen wir aus der Situation
das Beste. Schau, in ein paar Monaten
sind wir bei der Goldenen Hochzeit ange-
langt und wollen doch die Jahre feiern,
egal, wie immer sie auch waren. Wir wollen dankbar dafür sein, dass wir noch beieinander sind, einander haben. Über ein
Jahr ist seit Tübingen vergangen, jenem
schweren Tag ohne Hoffnung." „Ja, sicher. Schau mich doch an, wie ich ausse-
he. Zu nichts bin ich noch fähig und Du
rennst den ganzen Tag, musst alles erledigen." „Sei nicht so traurig, schau lieber
hinaus und bestaune den Frühling mit
seiner ganzen Pracht." Leicht gesagt. Im
Inneren weiß sie, es wird sein letzter sein.

Bei dem üblichen Frühstück, für Fred
nur noch eine Tasse Kaffee und ein halbes
Ei ohne Brot, fragt Toni vorsichtig, wie er
sich den Tag, den goldenen Tag, denn

vorstelle. „Gar nicht", sagt Fred, „ich kann nicht einmal ohne Deine Hilfe gehen." „Und wenn wir irgendwo hinfahren?" „Wenn es Dir nichts ausmacht, ich bin am liebsten daheim, mit Dir allein." Der heftige Hustenanfall beendet das Gespräch. Der zähe Schleim will und will sich nicht lösen. Toni versucht es mit Thymiansirup und lässt ihn inhalieren. Die ganze Prozedur strengt ihn so sehr an, dass er nur mit Mühe sein Bett erreicht. Sie öffnet das Fenster und lässt die wärmende Frühlingssonne herein, nachdem sie Fred warm eingepackt hat. „Versuch zu schlafen, ich mache Dir einen guten Tee." „Mit etwas Rum, wenn ich bitten darf", scherzt Fred. „Aber klar."

Wie schnell doch die Jahre vergehen, denkt Toni, während sie am Hochzeitstag das Frühstück zubereitet. Ihre Hochzeitskerze brennt bereits in der Mitte, daneben frische Blumen aus dem Garten und das Sonntagsgeschirr mit dem goldenen Rand. Fred hat sich Bauernfrühstück gewünscht, bescheiden wie immer, und Toni erfüllt ihm diesen Wunsch. Es gibt Schinken, Bratkartoffeln und Spiegelei und eine Tasse guten Kaffee dazu. Der Bürgermeister der Gemeinde kommt mit einem Geschenkkorb zum Gratulieren und bringt Glückwünsche vom Ministerpräsidenten. Auch Frau Pfarrer sagt ihren Besuch an, ist aber an diesem Tag verhindert. Alle anderen kommen nicht. Obwohl Toni fast drei Jahrzehnte bei der katholischen Kirche tätig war und selbst überzeugte Katholikin ist, denkt niemand daran. Fred ist nicht zum Feiern zumute. Er ist dem Tod näher als dem Leben. Seine Füße wollen den schweren, mit Wasser gefüllten Körper nicht mehr tragen. Er hustet unentwegt, inhaliert, nimmt sein Spray, ein Hub nach dem anderen. Alles hilft nur kurzfristig. Dazu plagt ihn die Angst, allein gelassen zu werden. Und sie ist berechtigt. Aus heiterem Himmel bekommt Toni unbeschreibliche Rückenschmerzen, die sie nicht erklären kann. Sie kann sich nicht im Bett drehen, nicht regen, nicht bewegen. Auch ihre Schmerztropfen helfen nicht. Sie muss Fred allein lassen und kommt ins Krankenhaus. Doch die Internisten werden nicht fündig. Der überaus besorgte Oberarzt legt eine Schmerz-Infusion an und bittet seinen Kollegen von der Radiologie nach der Patientin zu schauen. „Ach", sagt Toni, „mir fehlt doch nichts, ich habe nur Schmerzen, die ich meinem größten Feind nicht gönnen würde." „Das sagen Sie", meint der Arzt. „Ihre Laborbefunde sprechen eine andere Sprache." Endlich beginnt das Schmerzmittel zu wirken und sie kommt ins CT. „Was haben Sie denn gemacht?" wird sie jetzt gefragt. „Ich war nur im Garten, nichts Besonderes." „So wie es aussieht, liegt es an Ihrer Wirbelsäule. Wir werden Sie stationär aufnehmen und morgen das ganze Prozedere wiederholen." „Geht nicht. Ich habe zu Hause einen sterbenskranken Mann. Ich will ihn nicht über Nacht alleine lassen." „Gut, dann sehen wir uns morgen wieder." Die Schmerzen haben inzwischen nachgelassen und sie kann heim. „Ich hätte doch eine Nacht ausgehalten," meint Fred und versucht, seiner Frau beim Ausziehen zu helfen. Selbst dazu ist sie nicht im Stande.

Dabei scherzen sie, wie schön das doch vor fünfzig Jahren war. Am darauffolgenden Tag ist das CT ausgewertet worden und die Schmerzen sind lokalisiert. „Etwas drückt auf den Nerv des ersten Lendenwirbels. Sie müssen zum Orthopäden. In einem MRT, das wir leider nicht besitzen, kann die Diagnose präzise gestellt werden." „Sie sind gut, was mache ich mit meinem Mann?" „Versuchen Sie, einen Platz in der Kurzzeitpflege zu finden. Sie müssen erst gesund werden. Krank nützen sie keinem, schon gar nicht Ihrem schwerkranken Mann."

Sie hat Glück. In Weingarten bekommt sie in einer kleinen, aber guten Einrichtung einen Kurzzeitpflegeplatz. „Ich möchte meinen kranken Mann in meiner Abwesenheit gut versorgt wissen." Zuvor müssen Anträge bei der Kasse gestellt werden und zig Formulare lagen zur Unterschrift bereit. Fred bekommt ein schönes Zimmer mit Fernseher, Telefon, Radio und Nasszelle. Beim Abschied weinen sie beide. Es ist die Angst, die sich um beide gelegt hat und ihnen jegliche Perspektive nimmt. Zum Glück hat er liebevolle Helfer um sich. Sie alle wissen, wie es um ihn steht. Er hofft, dass seine Frau bald wieder kommt und man ihr helfen kann. Der Orthopäde in Freising lässt zuerst Röntgenbilder anfertigen und verabreicht Schmerzmittel. Als sie wissen will, was er gespritzt hat, antwortet der gute Doktor: „Weißbier, Sie sind ja in Bayern." Aber die Schmerzen lassen nach. Und dennoch hat der Oberarzt der Neurochirurgie keine gute Nachricht, nachdem er sich das MRT angeschaut und ausgewertet hat. Nach der gründlichen Untersuchung bedauert er, ihr hier nicht helfen zu können. Ihre Wirbelsäule ist so geschädigt, dass eine Operation nicht infrage kommt. „Sie müssen in eine stationäre Heilbehandlung und wenn sie noch ihren Mann pflegen, muss die Kasse es Ihnen genehmigen. Zwischen den 12 Brustwirbeln und dem 1. Lendenwirbel hat sich ein Ödem gebildet und drückt auf den Nerv. Und das tut höllisch weh. Sie bekommen von mir ein Rezept für weitere Schmerztropfen." Mit Genesungswünschen verabschiedet sie der Neurochirurg. Fred ist froh, seine Frau wieder bei sich zu haben. „Alle waren in der Kurzzeitpflege sehr nett zu mir, gaben sich große Mühe und waren sehr besorgt um mich", berichtet er. Fred möchte noch auf der neu gebauten Straße heimfahren. „Es ist meine letzte Fahrt, ich werde nie wieder auf dieser Straße fahren", sagt er mit trauriger Stimme. Toni erfüllt ihm den Wunsch. Der neue Hustenanfall verhindert jedes weitere Wort.

Von der Garage bis zum Eingang sind nur ein paar Meter, jedoch für Fred zu viele. Mithilfe des Nachbarn bringen sie ihn ins Haus. Er muss diesen dunklen Schleim abhusten, der ihn an der Atmung hindert. Auf seinem Krankenbett sitzend, inhaliert er und so wird der Schleim auf die Oberfläche befördert. Toni macht ihm wieder seine weiße Mischung. Sie schmeckt heute nicht. „Ich möchte lieber Fenchel Tee", bittet er. Noch nicht umgezogen muss er sich hinlegen, aber die Beine sind noch dicker geworden, wollen nicht mit. Toni hebt das eine Bein nach dem anderen, legt ein Hirsekissen darunter und deckt ihn zu. „Schlaf ein wenig, ich bin in der Nähe, sehe wieder nach Dir."

Es ist bereits Dezember und die Kälte hat alles fest im Griff. Die Natur ist mit einem weißen Mantel zugedeckt und kann sich endlich ausruhen. Nur die Amseln, Spatzen und die Blaumeisen fliegen von Futterstelle zu Futterstelle und suchen nach Essbarem. Toni hat viele Futterstellen geschaffen, damit die Vögel den Winter überleben. Das war früher Freds großes Anliegen und seine Fürsorge. Alle in meiner Nähe sollen es guthaben, war sein Motto.

Jetzt geht es ihm von Tag zu Tag schlechter. Er kann sich kaum noch selbstständig bewegen. Sein Körper lagert immer mehr Wasser ein. Dazu die ständige Atemnot. Er inhaliert, nimmt seine Sprays. Alles hilft nichts. Manchmal sitzt er nur auf der Bettkante und weint. Toni versucht, ihn zu trösten, indem sie ihn umarmt und an sich drückt. „Warum weinst Du?" „Warum, warum, weil ich so bin, wie ich bin. Ich bin so oft durchgedreht, habe Dir wehgetan und ich weiß nicht mal warum." „Lass gut sein, Fred, Du kannst nichts dafür. Dein Kopf hat Dir übel mitgespielt und niemand weiß, warum." Sie drückt ihn noch fester an sich und küsst ihn.

Sie kontrolliert seinen Blutdruck und ist entsetzt. Er ist wieder angestiegen. Ein schlechtes Zeichen für sein Aneurysma. „Kann ich Dir etwas zu Trinken bringen?" fragt sie vorsichtig und ist überrascht. „Nur ein wenig Fencheltee." „Keine Weißemischung oder ein Glas Bier?" „Nein", sagt Fred. Und schon ist wieder diese entsetzliche Atemnot gegenwärtig. Er nimmt ein Hub Spray. Danach muss er wieder abhusten. Neben dem zähen, grauen Schleim kommt ein übel nach Schwefel riechender Auswurf, als würde sich das Lungengewebe bereits zersetzen wollen. Toni beeilt sich mit dem Tee, legt noch etwas von seinem Lieblingsgebäck dazu. „Das Du noch daran gedacht hast." „Ja, Fred, Du isst es doch gern!". Er nimmt ihre Hand, hält sie fest. Nach einer Weile will Tomi, seine Lieblingskatze, in sein Bett. „Ach Tomi, ich kann dich heute nicht mehr brauchen." Als würde das Tier seinen Zustand fühlen, schnurrt es nur kurz in seinem Arm und verlässt das Krankenzimmer. Sie legt sich im Flur vor die Tür und bleibt laut miauend bis zum Abend liegen.

Es ist Weihnachtsabend. Die Natur hat bereits ihr weißes Kleid angezogen. Hin und wieder flattert eine Schneeflocke im kalten Ostwind. Alles strahlt im weihnachtlichen Lichterglanz. Noch einmal möchte Fred ins Wohnzimmer und Toni hilft ihm dabei. Ganz langsam, Schritt für Schritt, sich aneinander festhaltend erreichen sie seinen Lieblingsplatz auf dem Sofa. Toni platziert ihren Mann so, dass sein Kopf auf ihrem Schoß liegt. Sie streichelt seine Wangen und er blickt sie liebevoll mit seinen blauen Augen an. Der wiederkehrende Hustenanfall beendet diese letzte Zweisamkeit. Er kann nicht mehr, bekommt noch schwer Luft, muss inhalieren. Alles hilft nichts mehr. Noch ein Hub Spray und dann noch einen. Toni hilft ihm ins Bett, dabei umklammert er ihre Hand, hält sie fest. „Heute vor 52 Jahren haben wir uns verlobt. Damals waren wir allein, so wie heute. Ich danke Dir für all die Jahre, für Deine Liebe, Deine Treue, für Deine Pflege und für vieles mehr. Was hätte ich denn ohne Dich in meinem Leben gemacht? Du warst mein Schutzengel!" „Lass gut sein, Fred. Ich habe Dir das alles einmal versprochen." Sie küsst ihn noch einmal auf die Wange. Gerne hätte sie seine Lippen berührt, aber der Gestank nach Jauche hindert sie daran. „Versuch jetzt ein wenig zu schlafen. Mach Dir keine Sorgen, es ist alles gut." Dabei umarmt sie ihn nochmals. „Wird das Ende schlimm?" fragt er noch mal. „Nein, Dir wird nur einen Moment übel und schon ist alles vorbei." Toni hängt noch neue in Essigwasser getauchte Tücher über die Heizung, wie ihr der Apotheker geraten hatte. „Aber jetzt leg Dich auch hin, ruhe Dich aus." „Soll ich nicht bei Dir bleiben?" „Nein, Toni, diesen Weg muss ich alleine gehen." Er denkt noch an seine Kinder und ob sie noch Geld hätte, wenn er nicht mehr ist. „Ach, Fred, es wird schon gehen. Ich ziehe mich nur um, dann komme ich wieder zu Dir."

22.30 Uhr, Fred ist inzwischen ohne seine Maske eingeschlafen. Die Atmung ist regelmäßig, ohne Nebengeräusche. Sein Gesicht ist entspannt und irgendwie glücklich. Im Zimmer ist nur die Weihnachtsbeleuchtung mit den kleinen Sternen an. Sie sollen ihm leuchten auf dem Weg hinüber, was er schon seit Tagen herbeisehnt. Sie will sich nur eine Stunde ausruhen, aber daraus werden zwei. Sie nimmt wie immer in den Nächten zuvor ihre Taschenlampe, will nach Fred schauen. Alles ist dunkel, das Bett leer. Sie findet Fred halbsitzend nach vorne gebeugt vor seinem Bett. Sie nimmt seinen noch ganz warmen Kopf in ihre Hände. Sie ruft laut seinen Namen, aber er hört sie nicht mehr.

Am Telefon verwählt sie sich. Sie will den Notarzt, aber landet bei der Polizei. Der Beamte verspricht, Hilfe zu schicken. Jetzt zündet sie Kerzen an, auch ihre Hochzeitskerze. Es ist ihr bewusst, dass sie nichts mehr für ihren geliebten Fred tun kann. Sie muss ihn liegen lassen und auf Hilfe warten. Es ist bereits 1.30 Uhr und die Sanitäter samt Notarzt stehen vor der Tür. Nur mit Schlafanzug und Weste bekleidet, öffnet sie zitternd die Haustür. Mit großer Mühe und dem Gerät, das sie Schere nennen, hieven sie den schweren Körper ins Bett. Nun liegt Fred wieder in seinem Bett. Friedlich, losgelöst von allem Schmerz und glücklich, die Lippen zu einem Lächeln bereit. Endlich hat das Leiden ein Ende. Der Notarzt bestätigt den Tod. Denn noch ganz warmen Körper decken sie mit einem weißen Tuch ab und erledigen im Nebenzimmer die notwendige Schreibarbeit. Der Notarzt will Toni trösten, nimmt sie in den Arm. Sie aber meint nur, er hat ausgelitten und ich hoffe, er hat es jetzt besser, ist endlich daheim. „Soll ich Ihnen etwas zur Beruhigung geben?" fragt er besorgt. „Lieb von Ihnen, aber ich brauche nichts. Ich bin dankbar, dass er erlöst ist. Niemand kann sich diese ständige Luftnot vorstellen und dabei nicht helfen zu können."

Jetzt ist sie mit dem Verstorbenen allein. Was ihr bleibt, ist das Gebet, das sie unter Tränen betet. Dabei öffnet sie das Fenster so wie sie es einst bei den Ordensschwestern gelernt hatte. Bei dem Satz „in den Himmel mögen Engel Dich geleiten", hat sie das Gefühl, als wäre ein Nebelschweif durch das Fenster davon und mit ihm auch der Geruch, der sich seit Tagen im Zimmer ausgebreitet hat. Das Gesicht des Verstorbenen verfärbt sich rasch und die blaue Farbe durchzieht bald den ganzen Körper. Noch einmal umarmt sie den noch warmen Oberkörper, fährt vorsichtig mit ihrer zitternden Hand über sein leicht ergrautes blondes Haar. „Schlaf gut, mein Lieber", flüstert sie ihm ins Ohr. „Ruhe Dich aus und bis wir uns wieder sehen, halte Gott Dich in seiner Hand."

In der Frühe des neuen Tages kommt ihre Freundin. Wortlos stehen sie am Totenbett. In der schweren Zeit der Pflegebedürftigkeit stand ihr die erfahrene Krankenschwester mit Rat und Tat bei. Er hat alles überstanden, kein Husten und keine Atemnot quält ihn mehr. Die Haustürglocke meldet den diensthabenden Arzt, der die Leichenschau durchführen muss. Wegen der Leichenstarre muss der Schlafanzug zerschnitten werden, damit der Körper genau untersucht werden kann. Punkt für Punkt untersucht er den Leichnam und ist erstaunt, dass der Körper, in den sich so viel Wasser eingelagert hatte, keine Druckstellen hat. Respekt. „Die blaue Farbe," meint er weiter, „ist typisch für Aortenaneurysma."

Endlich kommt auch die Tochter. Sie wolle Papa noch einmal sehen. Gerne hätten sie ihn schön angezogen, aber aufgrund der Starre ist dies nicht mehr möglich. Am Nachmittag wird er vom Bestattungsinstitut abgeholt.

Toni will alle seine Wünsche erfüllen. Sie benachrichtigt die Verwandten und Bekannten, erledigt Behördengänge. Frau Pfarrer kommt persönlich vorbei, bespricht den Trauergottesdienst. Fred hat Zeichen im Gebetbuch eingelegt. Ich steh an deiner Krippe hier war sein Lieblingslied von Paul Gerhardt, das im Trauergottesdienst gesungen wird.

Toni hat um die blaue Urne einen grünen Kranz aus Wacholder gebunden und mit weißen Rosen und einer Lichterkette versehen.

Nun steht sein Bild neben der weihnachtlich geschmückten Urne, ihrer Hochzeitskerze sowie der Osterkerze im Altarraum der Salvator Kapelle. Auf dem Weg zum Grab begleitet sie noch die Sonne mit ein paar warmen Strahlen inmitten einer schneebedeckten Landschaft.

Am Abend ist sie wieder allein. Allein mit sich und der Erinnerung an 52 Jahre mit ihrem Fred. Vor ihrem geistigen Auge läuft die Zeit wie ein Film vorbei. Es ist dunkel im Krankenzimmer, nur ihre Hochzeitskerze spendet ein wenig Licht vor dem Bild.

„Schlaf gut, mein Lieber und ruhe Dich aus und bis wir uns wiedersehen, halte Gott Dich fest in seiner Hand."

Einige Tage später hat sie einen Termin bei ihrem Neurologen, der auch Freds Neurologe war, wegen ihres Spinalkanals. Bei dieser Gelegenheit berichtet sie dem Arzt, dass Fred verstorben sei. „Das tut mir aber leid." Dabei lehnt er sich in seinem schwarzen ledernen Sessel zurück. „Und wie kann ich Ihnen helfen?" „Er ist nach langer COPD Erkrankung, welche mit einem Aortenaneurysma endete, erlöst." „Und was möchten Sie jetzt von mir wissen?" fragt der Neurologe. „Mein Mann war Fernfahrer über 40 Jahre lang. Es gab Höhen und Tiefen in unserem gemeinsamen Leben über 50 Jahre, wenn nur nicht diese schrecklichen immer wieder kehrenden Anfälle gewesen wären, die ich mir nicht erklären konnte." „Beschreiben Sie den Anfall", bittet der Arzt. „Plötzlich und unerwartet, wie aus heiterem Himmel, egal, wer gerade anwesend war, wurde er laut und beschimpfte die Anwesenden. Manchmal flogen die Gegenstände durch den Raum. Sein Blick war starr und die Pupillen geweitet. Und er war nicht ansprechbar. Zu Beginn der Anfälle wollte ich ihn beruhigen, aber er nahm mich nicht wahr. Das Ganze dauerte nur Minuten, danach schlief er einige Stunden tief und fest und konnte sich nur vage an die Situation erinnern."

„Schlief Ihr Mann mit einer Maske?" fragt der Neurologe. „Ja, seit einigen Jahren", antwortet Toni. „Ihr Mann bekam Sauerstoff, aber sein Gehirn konnte sich nicht im Schlaf erholen, nicht die Tageseindrücke verarbeiten wie bei einem normalen gesunden Schlaf. Es ist ständig geladen gewesen wie ein Akku, und entlud sich durch den Anfall. Leider wird zu wenig auf einen guten Schlaf geachtet, was bei Fernfahrern ein großes Problem ist. Sie müssen auf Befehl in ihren vorgeschriebenen Pausen schlafen, was aber kein Mensch kann und dazu müssen sie noch einen geeigneten Parkplatz finden, was sich manchmal als unmöglich erweist. So ist der gefürchtete Sekundenschlaf an der Tagesordnung." „Ich weiß, Herr Doktor, ich habe es ja bei meinem Mann erlebt. Sein einziger Wunsch war, einmal am Morgen ausgeschlafen aufzuwachen."

Nach dem langen Gespräch bedankt sich Toni bei dem Neurologen für die ausführliche Erklärung. Zugleich ist sie froh, endlich eine Diagnose für die Anfälle zu haben. In guten wie in schweren Tagen, bis dass der Tod uns scheidet. Sie hat es ihm versprochen und gehalten, wenn die Situation manchmal auch ausweglos schien.

In der Bibel heißt es in 1 Korinther 13: „Die Liebe ist langmütig, die Liebe ist gütig. Sie ereifert sich nicht, sie prahlt nicht, sie bläht sich nicht auf. Sie handelt nicht ungehörig, sucht nicht ihren Vorteil, lässt sich nicht zum Zorn reizen, trägt das Böse nicht nach. Sie freut sich nicht über das Unrecht, sondern freut sich an der Wahrheit. Sie erträgt alles, glaubt alles, hofft alles, hält allem stand. Die Liebe hört niemals auf …"